AF337009

ELOGE

DE

MESSIRE

PHILIPE DELAMET,

Doyen des Docteurs de la Faculté de Théologie de Paris, de la Societé Royale de Navarre, & Curé de S. Laurent.

Par Mr. H. C. * * *

A PARIS,

De l'Imprimerie de GISSEY, ruë de la vieille Bouclerie, à l'Arbre de Jessé.

M. DCC. XXXVII.

AVEC APPROBATION ET PERMISSION.

ELOGE

DE MESSIRE

PHILIPE DELAMET.

ODE.

ESPRIT de force & de fa-
gesse,
Source de toute vérité,
C'est à toi seul que je m'adresse,
Protege ma sincerité !
La crainte, comme une barriere,
Semble me fermer la carriere
Où mon ardeur me fait courir;
Mais l'entreprise que je tente
N'aura plus rien qui m'épouvente,
Si tu daignes me secourir.

❧

Lorſqu'avec reſpect je contemple
L'objet dont je ſuis pénétré,
Tantôt je penſe voir le Temple
Où réſidoit le feu ſacré,
Tantôt l'Arche myſterieuſe,
Seule toujours victorieuſe
Des flots & des vents couroucés,
Qui dans ſon ſein portoit les Tables
Où les Préceptes redoutables
Etoient divinement tracés.

❧

Humilité, Vierge timide !
Joüiſſez d'un parfait repos.
Vous avez un pouvoir ſolide
Sur le cœur de notre Heros.
Hé ! comment ce cœur magnanime
De l'éclat d'une vaine eſtime
Pourroit-il ſe laiſſer toucher ?
DELAMET ſe cache à lui-même
Ce mérite rare & ſuprême
Qu'à nos yeux il ne peut cacher.

Vous qui du sacré caractere
Eftes, comme lui, revêtus,
Et dont le même Miniftere
Exige les mêmes vertus !
Entrez avec nous dans le Temple,
Vous aprendrez à fon exemple
L'Art d'inftruire & de gouverner.
Il eft Apôtre, Juge, Prêtre,
Mais dans le degré qu'il faut l'être
Pour nous confondre, ou nous gagner

Lorfque, Pontife vénérable,
Il voit le Sauveur d'Ifraël,
Rien ne lui paroît defirable,
Rien d'aimable que l'Eternel.
Mais cette faveur falutaire
Qu'il reçoit dans le Sanctuaire
Ne fuffit point à fon amour :
Il foupire encor dans l'attente
De la félicité conftante
Qui n'eft qu'au célefte féjour.

Souvent Apôtre patétique,
Oracle de la Vérité,
Au Miniftere Evangelique
Il exerce fa charité.
Non que par de pompeux Ouvrages
Il veuille acheter les fuffrages
De fes curieux Auditeurs :
Il fçait que l'éloquence humaine,
Pour les Difciples toûjours vaine,
Pert quelquefois les Orateurs.

Doux & févere tout enfemble
Pour les Criminels qu'il entend,
Il venge, il fouffre, il tonne, il tremble,
Il eft Juge, il eft Pénitent.
Sa charitable patience
Dans l'un détruit la défiance,
Dans l'autre la préfomption ;
Il n'eft point de mal, qui ne cede
A la puiffance du remede
Qu'aplique fa compaffion.

C'est trop Pasteur infatigable,
C'est trop écouter votre cœur !
De votre zele inalterable
Moderez la pieuse ardeur !
Tandis que vos Brebis tranquilles
Joüissent dans leurs domiciles
Du fruit de vos heureux travaux :
Donnez vous-même à la Nature,
Pour en apaiser le murmure,
Quelqu'intervale de repos !

Du repos ! voit-on la Noblesse
Purifier ses passions ?
L'inculte & grossiere jeunesse
* Paroît-elle aux instructions ?
La Paix si long-temps desirée,
A tout autre bien préferée,
Domine-t-elle parmi nous ?
Domine-t-elle entre les Freres ?
Entre les Enfans & les Peres,
Entre l'Epouse & son Epoux ?

* Huit Ecoles de Charité fondées par ses soins.

Du repos ! Veuves gémiſſantes !
Orphelins trahis , oprimés !
Vierges pâles & languiſſantes !
Artiſans preſqu'inanimés !
Enfans plaintifs ! Plaintives Meres !
Cachez-lui donc vos pleurs ameres !
Qu'il ignore donc vos beſoins !
Et que de vos peines ſecrettes,
Vos ſombres & triſtes retraites ,
Soient deſormais les ſeuls témoins !

Vains efforts ! Prudence inutile !
S'ils prennent ſoin de ſe cacher ,
D E L A M E T encor moins tranquille
Se fait gloire de les chercher.
O ſpectacle digne des Anges !
O charité , que nos loüanges
Ne peuvent aſſez élever !
Je vois un Pere màgnanime
Se rendre lui-même victime ,
Pour des Enfans qu'il veut ſauver !

Dès que la diligente aurore
Sur la nuit a repris ſes droits,
Il cherche le Dieu qu'il adore,
Dans les cabanes, ſous les toîts.
Foibleſſe, chaleur, froid, tempête,
Vains obſtacles, rien ne l'arrête.
Il part chargé de ſon tréſor.
De trois Mages il ſuit l'exemple;
a Mais il offre l'encens au Temple;
b Et dans l'Etable il offre l'or.

Vertueuſes Dépoſitaires
Des effets de ſa charité,
Qui ſervez d'Anges Tutelaires
A l'indigente Infirmité;
c Filles ! dont les mains ſecourables
Rendent ſans ceſſe aux Miſerables
Des devoirs deſintereſſés,
Doit-on refuſer de me croire ?
En ai-je trop dit à ſa gloire ?
En ai-je même dit aſſez ?

a Il aſſiſte tous les jours à Matines & à tous les autres Offices.
b Il a donné pour les pauvres 68200. liv. en moins d'un mois.
c Les Sœurs de la Charité.

✿

* Et vous , Marbres inalterables ,
Qui cachez les facrés tréfors ,
Joignez vos voix irréprochables
A nos incroïables accords !
Un jour peut-être , cet Ouvrage
Aura befoin d'un témoignage
Auprès de la Pofterité ;
Puiffe votre éloquent filence
Prendre alors fa jufte défenfe ,
Et prouver fa fidelité !

✿

Travaux glorieux ! que l'envie
Refpectera dans tous les temps.
Soins pénibles ! qui de fa vie
Ont partagé tous les inftans.
Libre des erreurs du jeune âge ,
A la vertu rendant hommage ,
Il lui fut toûjours confacré.
Sa fageffe ne fut pas lente.
Tel ici je le repréfente ,
Tels nos Peres l'ont admiré.

* Il a dechargé fa Fabrique de 117000. liv. qu'elle devoit, &
employé 120000. liv. à augmenter ou embellir fon Eglife.

Delà cette eftime parfaite,
Ce zele, ce fincere amour,
Dont fa tendreffe fatisfaite
Reçoit des preuves chaque jour.
Dès qu'il paroît, la joïe éclate,
Le plaifir fecret qui nous flatte
Brille dans nos regards émûs,
Nos cœurs volent fur fon paffage,
Et c'eft pour nous un avantage
De le voir, & d'en être vûs,

Me trompai-je ? Quel doux fpectacle !
Que pour mon cœur il a d'attraits !
Je vois mettre un heureux obftacle
Au coup qui menace fes Traits ;
Pour les tranfmettre à la mémoire,
* Deux Emulateurs de fa gloire
Sur le Bronze les font graver !
L'Art reffufcite la nature !
Et du moins répare une injure,
Dont il ne peut la préferver !

Mrs. Le Jeune & Bruté Doct. en Théol. fes Vicaires ont
fait préfent de fon portrait à la Paroiffe en 1735.

❦

Aprochez oisive jeunesse,
Serviteurs lâches, indolens,
Qui dans une indigne molesse
Enseveliffez vos talens ;
Qui bornez votre Miniftere
A ne fervir au Sanctuaire
Que d'ornemens, ou de Témoins ;
Et dont la vie effeminée,
Au plaifir feul abandonnée,
Ne connoît ni travaux, ni foins.

❦

Vous verrez un Pafteur illuftre,
Ennemi de l'oifiveté,
Et, dans fon dix-feptiéme luftre,
Plein d'ardeur & de fermeté.
Tel que l'Aftre brillant du Monde,
Il luit, dans fa courfe féconde,
Aux yeux du Jufte & du Méchant.
Il éclaire, échauffe, raffure,
Et paroît plus Grand, à mefure
Qu'il avance vers fon couchant.

F I N.

VERS

Gravés au bas de son Portrait.

Pasteur aussi fervent, que Docteur éclairé,

Homme dans son portrait, Ange dans tout le reste,

Il honore ici-bas, par sa vertu céleste,

Le Ministere saint, dont il fut honoré.

Il est, comme son Maître, humble & doux sans
      foiblesse,

Prudent sans artifice, indulgent sans molesse,

Et du Pauvre sur-tout le refuge assûré.

※❈※

Dans un âge où les corps, sans espoir de retour,

Eprouvent mieux du temps l'irréparable injure,

Le sien, d'un zele ardent victime toûjours pure,

Aux interêts publics s'immole chaque jour.

Mortels ! qui le voyez, rendez-en témoignage !

Et que vos Descendans, instruits de votre hommage,

Tracent à leurs Neveux sa gloire, & votre amour
H.. C.